Franz Wilhelm Stahl

Die Bedeutung der Arbeiterassociationen in Vergangenheit und Gegenwart: akademische Festrede

Antigonos

Franz Wilhelm Stahl

Die Bedeutung der Arbeiterassociationen in Vergangenheit und Gegenwart: akademische Festrede

Unveränderter Nachdruck der Originalausgabe von 1867.

1. Auflage 2024 | ISBN: 978-3-38614-978-5

Antigonos Verlag ist ein Imprint der Outlook Verlagsgesellschaft mbH.

Verlag: Outlook Verlag GmbH, Zeilweg 44, 60439 Frankfurt, Deutschland, info@outlook-verlag.de
Vertretungsberechtigt: E. Roepke, Zeilweg 44, 60439 Frankfurt, Deutschland
Druck: Libri Plureos GmbH, Friedensallee 273, 22763 Hamburg, Deutschland

Die

Bedeutung der Arbeiterassociationen

in

Vergangenheit und Gegenwart.

Akademische Festrede

zur Feier

des hohen Geburtsfestes

Seiner Königlichen Hoheit des Großherzogs

LUDWIGS III.

am 9. Juni 1867

gehalten

von dem Rektor der Ludewigs-Universität

Dr. Wilhelm Stahl,

ordentlichem Professor der Staatswissenschaften.

Gießen 1867.

Bruhl'sche Universitäts-Buch- und Steindruckerei (Fr. Chr. Pietsch.)

Hochgeehrte Versammlung!

Die Feier des Geburtstages unsres gnädigsten Landesherrn hat uns, wie alljährlich, so heute hier vereint, um unsrer Gesinnung der Treue und Anhänglichkeit, der Dankbarkeit für die hohe Fürsorge, deren sich das ganze Land und die Landesuniversität insbesondere von Seiten Seiner Königlichen Hoheit zu erfreuen hat, Ausdruck zu geben. Derselbe Wunsch, der heute aller Orten, in Stadt und Dorf, laut wird, beseelt auch uns, und wir stimmen alle freudig ein in die zum Himmel gerichtete Bitte, Gott erhalte lange Seine Königliche Hoheit unfren allergnädigsten Großherzog zum Wohle des Landes, zum Segen und Gedeihen der Universität! Möge er recht vielmal der Wiederkehr dieses Tages sich freuen! —

Bei jährlich wiederkehrenden Festen mag man sich gerne in Betrachtungen versenken über das, was in dem jüngst verflossenen Jahre sich ereignete. Bei Festen der Familie gedenkt man dessen, was man unter den Seinen erlebte, sei es freudiger oder betrübender Natur, bei Festen des Landes, wie das heutige, ruft man sich die Vorgänge des öffentlichen Lebens in's Gedächt= niß, die Ereignisse, welche das Jahr brachte, die Veränderungen in den Zuständen des eigenen Landes oder in denen benachbarter Völker; waren sie wohlthuend oder schädigend, fördernd oder hemmend, erhebend oder demüthigend, man läßt sie in Gedanken nochmal vorüberziehen, späht nach ihren Ursachen, und wagt wohl einen Schluß auf die wahrscheinlichen Folgen, ermißt die Mittel und Wege, welche das neu erworbene Gut erhalten und vermehren, das Unreife zur Reife bringen, das Gefahrbrohende aber Unabänderliche zum Guten wenden mögen. Wer durch Erziehung, Bildungsgrad, Beruf weniger vertraut mit den im Staate wirksamen Kräften und Elementen, wer nicht im Stande ist, die Folgen kleinerer minder auffälliger Ereignisse zu ermessen, wird seine Gedanken haften lassen auf den großen gewaltigen Ereignissen des Jahres, auf den Staatsumwälzungen, den stark hervortretenden Gegensätzen der Mächte, auf den neuen Staatenbildungen, oder auf den auffälligen Veränderungen der Machtverhältnisse unter den ein= zelnen Gruppen und Parteien in seinem Lande, auf Verfassungsänderungen. Der durch wissen=

schaftliche Beschäftigung und Beruf an feinere Beobachtungen gewöhnte Sinn wird auch an scheinbar kleineren Vorgängen eine höhere Bedeutung erkennen. Nicht bloß die Erscheinungen in den höheren Regionen, in den maßgebenden Kreisen beschäftigen ihn, nicht bloß die scharf ausgeprägt gleich in ihrer ganzen Wirkung sich sofort äußernden Vorgänge sind Gegenstand seiner Beobachtung, auch an den untersten Kreisen der menschlichen Gesellschaft nimmt er die hohe Bedeutung wahr, und sieht wohl voraus, wie das unscheinbar in diesen Kreisen sich zu= tragende schließlich gar oft eine gewaltige Wirkung äußert auf alle Kreise, auf das ganze Staatsleben. Die Geschichte hat ihn belehrt, daß in diesen sogenannten untersten Schichten oft ein Keim gelegt wird, der unbeachtet oder gering geachtet sich allmählich entwickelt und wächst, bis er mit seinen weitausgebreiteten Aesten und Zweigen schließlich alles berührt, bald wohl= thätigen Einfluß auf alles übend, und dann wohl aufgenommen und gepflegt, bald auch als Wucherpflanze alles zersetzend und zerstörend, und doch wie alle Wucherpflanzen mit der größten Anstrengung und den größten Opfern kaum zu beschränken, viel weniger auszurotten. Der geübte Sinn findet zeitig solchen Keim auf, erkennt bald seine Natur und forscht zeitig genug nach den geeigneten Maßregeln, der Ueberwucherung nöthigenfalls Einhalt zu thun.

Vor meinen geehrten Herrn Collegen und der ganzen hochansehnlichen Versammlung erachte ich es daher nicht als Wagniß, für meine Rede am heutigen Tage statt der großen, gewaltigen Ereignisse des letztverflossenen Jahres einen Gegenstand zu wählen, der dem minder gebildeten Sinn wohl als zu unbedeutend, als für die Festfeier zu kleinlich erscheinen mag, weil er den Erscheinungen im Leben der Arbeiter entnommen ist. In der That aber handelt es sich um einen jener kleinen beginnenden Vorgänge, die man im Anfange wohl unterschätzt, an deren hohe Bedeutung man aber etwas früher oder später, vielleicht zu spät, wohl glauben muß. Ich werde von der Association der Arbeiter, insbesondere von ihrer neuesten internationalen Association sprechen.

Man hat die Associationen der Arbeiter mit Wohlwollen aufgenommen, ihnen manche Aufmunterung angedeihen lassen, als sie nach dem Jahre 1848 als Productions= oder Con= sumtionsvereine in's Leben traten. In ersteren hatte sich in England und Frankreich eine größere Anzahl Arbeiter eines Gewerbes zum gemeinschaftlichen selbstständigen Betrieb vereinigt. Man mag wohl bezweifeln, daß diese Productionsvereine großen Umfang und Erfolg gewinnen werden, aber selbst das ängstlichste Gemüth, der pedantischste Verstand, die conservativste Gesinnung kann nichts Gegründetes gegen sie einwenden. Die Consumvereine haben sich bereits verbreitet, und ihre wohlthuende Wirkung — freilich wie alles Menschliche innerhalb gewissen Grenzen — hat sich vielfach bewährt, sie verdienen die Beihülfe und Förderung. Das laufende Jahr nun hat eine andere, neue Association gebracht, die Vereinigung der Arbeiter eines Gewerbes, um durch gemeinschaftliche Arbeitsweigerung, Erhöhung des Arbeitslohnes, Ver= kürzung der Arbeitszeit zu erzwingen. Sie ist, wie allgemein bekannt, in Paris, London und andern minder einflußreichen Städten aufgetreten. Sie ist nicht neu ihrem Zwecke nach, aber sie ist eine Neuerung, ein Fortschritt gegenüber den früheren Versuchen zu gleichem Zwecke da= durch, daß der Verein ein internationaler ist, daß gleichnamige Gewerbe verschiedener

Orte und Länder sich unterstützen, so daß selbst die Arbeiter mehrerer Gewerbe zur Erreichung des Zieles sich vereinigen, indem die beschäftigten, fortarbeitende Gehilfen des einen Gewerbes den feiernden Arbeitern des andren mit Geld zu Hilfe kommen, ihre Ausdauerungsfähigkeit damit bedeutend erhöhen. Wir haben hier eine neue Form der alten strickes vor uns, weniger tadelns= werth, weil sie keine strafbare Gewalt üben, und doch offenbar viel nachhaltiger und wirksamer in ihren Bemühungen. Beachtenswerth ist, wie uns diese Associationen, falls sie Erfolg haben, wieder in eine Lage auf wirthschaftlichem Gebiete zu versetzen drohn, welche man als ein für allemal beseitigt erachtete. Nach langem, schwerem Kampfe sind die Monopole, überhaupt die Beschränkungen des Geschäftsbetriebs meist aufgehoben, und man erwartete davon, daß nun freie Concurrenz das Land mit einer reichen Fülle von Lebensgütern um den niedrigsten Preis ver= sehen werde, da insbesondere die Verabredungen der Produzenten, früher so oft wirksam, un= thunlich wären. Nun erscheint statt ihnen die Association der Arbeiter, welche den Lohn wieder durch Verabredung erhöht, die freie Concurrenz unwirksam macht, die Producte wieder künstlich zu vertheuern droht. Was die Gewerbs beschränkungen verhaßt machte, ihre Be= seitigung bringend verlangen ließ, das führt unter der Herrschaft der Gewerbefreiheit die Arbeiterassociation wieder ein, Zunftzwang und Gewerbefreiheit bringen in dieser Beziehung die gleiche Frucht. Schon dieser Umstand mag manchen, der bisher die Association der Arbeiter unbedingt als einen großen Fortschritt in den socialen Verhältnissen zu betrachten gewohnt war, einigermaßen bedenklich machen, es mag in ihm wohl eine leise Ahnung aufsteigen, daß dieser Fortschritt doch nicht so ganz harmloser Natur sei. Und doch dürfte man sich Glück wünschen, wenn die Erhöhung des Lohnes das einzige, wenigstens das schlimmste wäre, was von den Vereinen etwa zu fürchten ist; sich frei überlassen möchten sie noch ganz andere, bedenklichere Ziele in's Auge fassen, könnten noch ganz andere unheilvollere Folgen sich ergeben. Noch sind diese Vereinigungen sehr jung, noch haben die Arbeiter selbst nicht erfahren, welche Kraft in ihnen liegt, noch sind sie auch bei weitem nicht straff und innig genug, um große Erfolge erzielen zu können, noch ist überhaupt nicht einmal mit Sicherheit zu erwarten, daß sie auch nur ihren nächsten Zweck, Lohnerhöhung, erreichen, wenn ihnen nicht besondere, zufällig eintretende Umstände zu Hilfe kommen. Es wird eine geraume Zeit verrinnen, bis die Arbeiter alles erkennen ge= lernt haben, was für die Vereine erforderlich ist, damit sie ihre ganze mögliche Stärke erreichen. In früherer Zeit hat das ein volles Jahrhundert erfordert; in neuerer Zeit, die doch so manche Erfahrung voraus hat, mag es vielleicht rascher gehen, aber immerhin ist zwischen den heutigen und den früheren erfolgreichen Vereinen noch ein so großer Unterschied, daß noch eine Reihe von Jahren wird verfließen müssen, ehe der Arbeiter sich rühmen kann, er beherrsche die Lage.

Ich habe gesagt die analogen Verbindungen früherer Zeit hätten eine größere Periode, ein Jahrhundert erfordert, bis sie zu voller Kraftentwicklung gelangten. In der That sind auch derartige Verbindungen nicht, wie man wohl vielfach glauben mag, eine Erfindung der Neuzeit. Die Consumtions= und Productionsvereine, Vereine für Erhöhung des Lohnes und Bestimmung der Arbeitszeit, Beschränkung derselben auf den einzelnen Ort wie Erweiterung zu Verbindungen in ganz getrennten Gemeinwesen sind in älterer Zeit in einem

Umfange, Stärke und Wirkſamkeit aufgetreten, welche die Verſuche unſerer Zeit noch weit nicht erreicht haben. So wenig vollſtändig bisher die Quellen über Geſchichte und Einrichtung dieſer Vereine bisher offen gegeben und benutzt ſind, ſo können wir doch aus den gegebenen ihre Entwicklung und ihr Weſen im Ganzen durch acht Jahrhunderte verfolgen. Ein kurzer Abriß dieſer Geſchichte mag die Wahrheit obiger Behauptung erhärten, und wird uns zugleich mit einem Blick die hohe Bedeutung und die immenſe Kraft, welche in den Aſſociationen der Arbeiter liegt, erkennen laſſen, nur daß ich durch die mir zugemeſſene Friſt genöthigt bin, mit Umgehung ihrer anerkennenswerthen allgemein wohlthätigen Folgen, mich auch auf ihre Wirkung in Bezug auf Lohnhöhe und Arbeitszeit, überhaupt in Bezug auf Stellung des Arbeiters zum Herrn zu beſchränken. Die Vorgänge, welche ich zu ſchildern verſuche, ſpielen in nennenswerthem Umfange nur in Deutſchland, ſie blieben gerade jenen Staaten fremd, in welchen die Beſtrebungen der Neuzeit ihren Sitz genommen haben, in England und Frankreich. Auch hier fehlte es zwar nie an Tumulten der Arbeiter um Lohnerhöhung, wie an Aufſtänden derſelben zu andren Zwecken, aber ſie blieben meiſt wirkungslos, der Arbeiter mußte ſchließlich nachgeben und befand ſich dann ſogar in ſchlimmerer Lage als vorher, und zwar deßwegen, weil ſeinem Auftreten das Weſentlichſte fehlte, die enge, ſtraffe, alle Glieder beherrſchende Verbindung, die ſich in Deutſchland herſtellte, und den Widerſtand der Arbeitsherrn, obwohl er von der ganzen Macht der Ortspolizei, der Landespolizei ja ſelbſt von der, freilich nicht ſehr hochanzuſchlagenden Reichspolizei unterſtützt wurde, ſchließlich brach und den Arbeiter ſelbſt zum Richter über den Herrn machte. Das war nur in Deutſchland möglich, wo ſich das Aſſociationsweſen gerade in der arbeitenden Klaſſe bis zum denkbar möglichen vollendete, in den Einrichtungen der Zunft für die Meiſter, in den Geſellenſchaften für die Gehilfen. Man mag darüber ſtreiten, ob dieſe Einrichtungen je zweckmäßig waren, immerhin bieten ſie den vollen Beweis, daß ſtraffe Einigung die Kraft gibt, jedes gute Ziel zu erreichen, daß ſie aber auch dieſelbe Kraft den egoiſtiſchen Beſtrebungen verleiht, daß ſo viel ſie Gutes ſtiften mag, ſie auch reichlich herbes gemeinſchädliches zu Tage förbert, ſie werden insbeſondere barthun, wie ſchwer es iſt, das erſtere allein zu erreichen und das letztere zugleich hintan zu halten.

Eigenthümlich und beachtenswerth iſt, daß dieſes gewaltige Hilfsmittel zuerſt von den Arbeitsherrn gegen die Arbeiter in vollſte Anwendung kam; Jahrhunderte verfügten jene über dieſe ganz unbehindert und unwiderſtehlich. Allmählig wurde die Verbindung der Arbeitsherrn, die Zunft, durch mannigfache äußere Einwirkungen gelockert und geſchwächt, die Vereinigung der Arbeiter begann dann daneben klein und unſcheinbar, in derſelben Weiſe, wie früher die Verbindung der Herrn, wuchs mächtig, nahm ſchließlich dieſelbe Gewalt über dieſe an, welche früher die Herrn über die Arbeiter übten, und behauptete die Macht durch drei Jahrhunderte, bis auch ſie den äußeren Verhältniſſen unterlag, vor der neuen Lebensweiſe und der neueren Productionsform verſchwand.

Die Zunft, deren Entſtehung wir mit Sicherheit wenigſtens bis in das zwölfte Jahrhundert zurückverlegen dürfen, umfaßte urſprünglich nur die Arbeitsherrn, die Meiſter. Der Gehilfe zählte ihr, wie der Lehrling, Frau, Sohn, Tochter und Magd des Herrn, nur als

paſſives Mitglied zu, er hatte keine Stimme in ihr. In einzelnen Gewerben durfte er zeit=
weiſe auf der Trinkſtube erſcheinen, ſaß dort mit dem Herrn zuſammen, aber er hatte nie mit=
zuſprechen, mitzuſtimmen. Dagegen waren alle Meiſter in der Zunft gleich berechtigt, jeder
hatte Stimmrecht, jeder wurde bei der Umfrage der Reihe nach einzeln um ſeine Meinung be=
fragt, mußte dieſe, kam er an die Reihe, wohl ſogar motivirt ausſprechen. Was die Mehrzahl
beſchloß, dem mußte ſich jeder, Meiſter oder Knecht, unbedingt unterwerfen, und das Bereich,
in welchem die Zunft zu beſtimmen hatte, war nicht klein. Was die Arbeit, den Marktbezug
und Verkauf betraf, unterlag überall und immer dem Zunftbeſchluß. Aber dieſer dehnte ſich
frühzeitig weit darüber hinaus. Dem Sinne der Zeit entſprechend, welcher das öffentliche Leben
ſtark in den Vordergrund drängte, die allgemeine Sitte zur wahren Tyrannin machte, deren
Vorſchriften ſich Keiner entziehen durfte, wollte er nicht aus der Gemeinſchaft ausgeſchloſſen
ſein, beſtimmte die Zunft bald über alles, was im Leben des Handwerkers vorkam, nicht bloß
über das, was das Handwerk betraf. Hochzeiten, Taufen und Leichenbegängniſſe waren den
Zunftvorſchriften unterworfen. Erſtere durften nur auf der Zunftſtube gefeiert werden, wie alle
Familienfeſtlichkeiten ihren Platz nicht im Privathaus fanden, das gar nicht dazu eingerichtet war,
ſondern im Zunfthaus oder Brüderhaus abgehalten wurden. Die Beerdigungen wurden von
der Zunft ausgerichtet und beſtritten, die Leiche von Zunftgliedern getragen, der Trauergottes=
dienſt am Altar der Zunft gehalten; kein Zunftglied durfte fehlen. Selbſt das Verhalten der
Frauen bei allen dieſen Vorgängen war genau vorgeſchrieben. So einigten ſich die Meiſter in
der Zunft zu einer zuſammengehörenden Familie, daß die Individualität faſt vollſtändig ver=
ſchwand; kaum daß der freie Wille des Einzelnen noch ein Feld fand, der Menſch ging in der
Zunft auf, er that, er litt alles „dem Handwerke zu Ruhm und Ehren.“ Was insbeſondere
das näher zu beleuchtende Verhältniß des Herrn zum Knecht betraf, ſo war dieſes vom Zunft=
ſtatut in's kleinſte Detail geregelt. Eine ſehr große Reihe von Beſtimmungen, hierauf bezüglich,
findet ſich durch ganz Deutſchland bei allen Handwerkern, aller Orten gleichlautend, mit der
unverkennbaren Tendenz, die Concurrenz der Meiſter um die Gehilfen zu beſeitigen, wie das
Verbot, dem Nebenmeiſter einen Knecht abzuſpannen, d. h. abſpänſtig zu machen, die Feſtſetzung der
Zahl Gehilfen, die ein Meiſter haben durfte; aber nicht minder allgemein waren die Beſtimmungen,
deren Zweck war, den Meiſter zu ſchützen, daß ihn nicht der Knecht durch plötzlichen, unzeitigen
Austritt aus der Arbeit in Verlegenheit ſetze. Die neuſten Erfahrungen ſtellen den Werth dieſer
beſtimmten Ding= und Kündigungszeit recht klar an's Licht. Man erinnert ſich aus der jüng=
ſten Geſchichte der Strikes der Bauarbeiter in England. Sie warteten ruhig den Moment
ab, bis die Bauunternehmer der dortigen Sitte gemäß die Verträge unter der Bedingung ab=
geſchloſſen hatten, falls der Bau bis zur feſtgeſetzten Zeit nicht vollendet wäre, für jeden Tag
eine beſtimmte Buße zu bezahlen. So ſetzten die Arbeiter ihre Herrn durch Ver=
weigerung des Dienſtes in die Lage, entweder ihren Forderungen um Lohnerhöhung nachgeben
oder bei längerer Unterbrechung der Arbeit bedeutende Straffummen leiſten zu müſſen. Die alten
Zünfte ſchnitten dieſes, den Arbeitern ſehr günſtige Hilfsmittel ab. Der Knecht mußte ſich auf
eine beſtimmte Zeit verpflichten, der Meiſter durfte ihn auf kürzere ſogar nicht annehmen.

Diese Zeit war sehr verschieden gewählt. Bei Handwerken, welche wie die Baugewerke gestellt waren, war die Dingzeit sehr lange, ein halbes, oft ein ganzes Jahr; ebenso bei solchen Handwerkern, in welchen der Arbeiter nicht viele waren. In den Handwerken, welche sich leicht mit Arbeitern versehen konnten, war eine bestimmte Dingzeit nicht festgesetzt, aber dafür die Kündigungsfrist, meist acht Tage. Aber auch hierbei tritt der Zweck der Maßregel recht deutlich hervor, insbesondere im Handwerk der Schneider. Sie hatten überall achttägige Kündigungsfrist, aber zur Zeit der großen Feiertage, Weihnachten, Ostern und Pfingsten, zur Zeit der stärksten Beschäftigung der Meister galt diese Frist nicht; wer nicht wenigstens 14 Tage vorher gekündigt hatte, mußte bis nach Ablauf des Festes bei dem Meister bleiben. — Die Arbeitszeit war gleichfalls festgesetzt und zwar wieder bindend für den Meister, aber auch für den Gehilfen. Das Abbrechen an dieser Zeit, seitens des Gesellen, der Müssiggang, insbesondere der blaue Montag, der später Meistern und Behörden so schweren Kummer veranlaßte, und durch alle ihre Anstrengungen nicht beseitigt werden konnte, machte nicht die geringste Schwierigkeit zur Zeit, als die Zunft noch in voller Macht war. Der halbe Montag war nach uraltem, noch unerklärtem Herkommen dem Gehilfen frei gegeben, wenn nicht ein Feiertag in die Woche fiel; nahm sich aber ein Knecht heraus, mehr als den halben Montag, oder, wenn ein Feiertag in die Woche fiel, auch nur den halben Montag von der Arbeit zu bleiben, so mußte ihm der Meister einen Theil des Lohnes abziehen, oder er verfiel selbst dem Handwerk zur Buße. Zu dem Zwecke findet sich auch die Vorschrift, der Meister habe stets einen bestimmten Theil des Lohnes zurückzubehalten, um den Knecht im Falle des Müssiggangs sicher in Händen zu haben. Daß die Zunft nicht versäumte, den Lohnsatz zu bestimmen, und den Meistern untersagte, von diesem abzuweichen, braucht wohl kaum noch erwähnt zu werden, man wird es aus dem Geiste der Zunft, wie er aus dem wenigen Gesagten deutlich herausleuchtet, von selbst folgern. Es kann nicht verwundern, daß sich die Zunft solches herausnahm und faktisch übte, aber verwundernswerth ist, daß hie und da in den von der Obrigkeit bestätigten Statuten dieses Recht der Zunft ausdrücklich zugesprochen wird.

So war der Arbeiter ganz in die Hände des Herrn gegeben; er durfte von dem einen Meister nicht mehr Lohn erwarten, als von dem anderen, bei dem Einen nicht auf kürzere Arbeitszeit hoffen, als bei dem Andern, ja um einen trivialeren Umstand anzuführen, der später sehr belangreich wurde, er durfte bei dem einen Meister keine andere Kost erwarten, als bei dem Anderen, denn auch darin war eine Abweichung vom allgemein Herkömmlichen nicht gestattet. Wollte aber ein Knecht — so heißen die Arbeiter allgemein bis zum 15. Jahrhundert — sich herausnehmen, einer dieser Zunftbestimmungen sich zu widersetzen, vor der Zeit austreten, sich einen vorgeschriebenen Abzug nicht gefallen lassen, mit dem festgesetzten Lohn nicht begnügen, schied er überhaupt von seinem Meister in Unfrieden, so ward die Macht der Association an ihm geübt, er wurde in die Acht erklärt, kein Meister durfte ihn in Arbeit nehmen, keiner ihn beherbergen, bis er sich mit seinem Meister abgefunden und das Vergehen auch dem Handwerke reichlich mit Geld gebüßt hatte; ja soweit ging die Strenge an einzelnen Orten in einzelnen Handwerken, daß ein solcher Gehilfe wieder ganz neu die Lehre durchmachen mußte. — Noch blieb ihm ein Weg übrig, er konnte den Ort verlaffen, wandern und anderwärts Unterkommen und Arbeit suchen, aber auch diefer Weg wurde ihm — wenigftens in der Blüthezeit der Zunft — verlegt; denn da blieb die Macht der Zunft nicht auf den Ort befchränkt. Bekanntlich haben fich im vierzehnten Jahrhunderte die Städte Deutfchlands, auf fich felbft geftellt, ohne Schutz der Centralmacht, des Kaifers, ja vielmehr diefem zum Schutze, in größere Gruppen aneinander gefchloffen, zur Sicherung des Einzelnen und des Ganzen, zum Kampf gegen Raub und Gewaltthat oder zu andern großen vortheilhaften Unternehmungen. Diefem Beifpiele folgten die Handwerker; wie fich die Städte zu gegenfeitigem Schutz und Trutz verbunden hatten, fo verbanden fich die Handwerke in ihnen. Von Anfang des XIV. Jahrhunderts an finden fich folche Verbindungen — man kann fie bei der damaligen Stellung und Einrichtung der Städte wohl internationale nennen — am Ober=, Mittel= und Niederrhein, Elfaß, Breisgau, Schweiz, unter den Schwäbifchen Städten, den niederfächfifchen Städten, Schlefien und Laufitz, in den Städten des Nordens, der Hanfa, mit den Centralpunkten Köln, Mainz, Speier, Straßburg, Ulm Breslau, Braunfchweig, Lübeck. Die gleichnamigen Handwerke der Orte, welche zu einem Bunde gehörten, hielten gemein= fchaftliche Verfammlungen, entwarfen gemeinfame Statuten, für alle zugehörigen Städte bindend auf beftimmte Zeit, nach Ablauf der Frift meift erneuert. In manchen diefer Vereine waren die Handwerke von 28 und mehr Städten eingefchloffen. Dadurch wurde die Macht der Hand= werke insbefondere den Ortsobrigkeiten, dem Rathe gegenüber fehr verftärkt. Vergebens fuchten diefe daher den Bund der Zünfte zu zerreißen, um deren Uebergriffen am Platze zu begegnen, alle Verfügungen der örtlichen Obrigkeit blieben wirkungslos, das Handwerk hielt fich nur an die Gefammtbefchlüffe der Vereinigung, diefe aber waren von demfelben Geifte eingegeben, der in den Beftimmungen der Zünfte fich herrfchend zeigt, insbefondere zeigen fie keine Verfchiedenheit von ihnen in Betreff des Verhältniffes des Gehilfen zum Herrn. Nur die Durchführung der entfprechenden Beftimmungen wurde umfaffender und geficherter durch die Solidarität. Der Knecht, der an einem Orte in Unfrieden vom Meifter gefchieden war, fand nun auch keine Stätte mehr an einem anderen, überall hin, foweit der Bund reichte, wurde er verfolgt, nirgends nahm ihn ein Meifter, er mußte zurückkehren und die Verföhnung mit dem beleidigten Meifter fuchen. Gänzlich macht= und hilflos ftand er fomit einer gefchloffenen, auf das engfte verbundenen Ge= noffenfchaft mit einem ganz unbeugfamen Gefetze, der Handwerksgewohnheit, gegenüber, eine Genoffenfchaft, die durch ihre Ausdehnung und volle Beherrfchung aller ihrer Glieder mehr als genügende Mittel hatte, den Trotz und Widerftand des einzeln ftehenden Arbeiters zu beugen.

Diefe eben gefchilderte Einrichtung der Zünfte ftand in fo überwiegendem Maße da, daß man fie als die allgemeine bezeichnen darf. Dennoch gab es einzelne Ausnahmen, von denen eine zu wichtig und belehrend ift, als daß ich fie ganz unerwähnt laffen dürfte, die Einrichtung der fogenannten großen Handwerke. Noch find die Quellen über das Wefen diefer Hand= werke fo dürftig, daß fich ein ganz klares und zugleich umfaffendes Bild von ihnen nicht geben läßt; ja wir können noch nicht einmal alle Handwerke nennen, die zu ihnen gehörten, immerhin aber find wenigftens einzelne große Züge von ihnen bekannt, welche fie von den übrigen ge= nügend unterfcheiden. Sie bildeten nicht, wie die übrigen Handwerke, lokale Verbindungen mit im Wesentlichen gleichen Statuten, welche etwa zeitweise und nach Umständen sich in lockeren oder engeren Zusammenhang stellten; vielmehr war jedes dieser großen Handwerke in der That in ganz Deutschland nur ein Ganzes durch alle Gauen und Städte des Südens und Nordens, Ostens und Westens. Sie hatten eine einheitliche Verwaltung, bestehend aus vier Obmeistern, den Zunftmeistern der vier Vororte. Zu den regelmäßig wiederkehrenden Versammlungen an einem dieser Vororte schickten die Genossen aller Orte Delegirte. Die Versammlung beschloß über alle Einrichtungen des Handwerkes, über Lehrlingswesen und Gehilfen, Lohn und Arbeitszeit, über alles, was auf das Handwerk Bezug hatte. Hatte das Handwerk e i n e n großen Marktplatz, wie z. B. die Gerber in Frankfurt, so hatte der Verwaltungsrath die nöthige Vorsorge hiefür, die Schau der eingesendeten Waare, selbst den Verkauf derselben zu besorgen. Was die Stellung der Gehilfen betrifft, so war auch diese eine ungewöhnliche. Sie beschickten die Versammlungen, hatten dort Sitz und Stimme wie die Meister und selbst in dem Verwaltungsrath mußte ein Geselle „der beste und redlichste der sich am Vororte findet," zugezogen werden. Sie unterlagen demnach gleichfalls dem Beschluß des Handwerks, der Mehrheit, aber sie sprachen und stimmten selbst mit in allem, was sie irgend berührte. Es ist daher nicht zu vermuthen, daß sie unter solchen Umständen bedrückt wurden. So zahlreich auch die Fälle von Gesellenaufständen um Lohnerhöhung und dergl. sich verzeichnet finden, nie kam mir ein solcher vor, bei welchem die Gerbergesellen betheiligt waren; dagegen waren sie vielfach voraus, wenn es sich um Erhaltung der Zunftrechte oder um Erringung neuer handelte. Das ist wohl beachtenswerth und spricht zu Gunsten des Vorschlages, daß die Arbeiter und deren Herrn gemeinschaftlich berührende Angelegenheiten aus beiden combinirten Ausschüssen zur Regelung übertragen werden sollen. Zu bedauern ist nur, daß über die Details der Einrichtung der großen Handwerke und ihre Spezialgeschichte noch zu wenig bekannt ist, um mit einiger Sicherheit darüber urtheilen und insbesondere erkennen zu lassen, welche Schattenseiten, die ja nirgend fehlen, ihnen anhingen. —

Ich kehre zur Geschichte der Associationen in den Handwerken zurück. —

In der Mitte des XIV. Jahrhunderts zeigen sich die ersten Spuren gesonderter Arbeiterverbindungen. Sie knüpfen, wie früher die der Meister, zunächst an kirchliche Zwecke an als sogenannte Bruderschaften. Gemeinschaftliche Kasse wurde geführt zur Bestreitung des Gottesdienstes, Beschaffung des nöthigen Wachses, zur Ausrichtung der Begräbnisse. Auch Unterstützungsanstalten für kranke Gehilfen waren damit verbunden. Jeder am Orte arbeitende Gehilfe mußte der Bruderschaft beitreten. In dieser harmlosen Weise bestanden sie zu allgemeiner Zufriedenheit fort; nur sehr vereinzelt schreiten sie zu anderen Zwecken. Am Ende desselben Jahrhunderts dagegen tritt die Umwandlung rasch und allgemein ein. Die B r u d e rs c h a f t bleibt eine Sache für sich, und daneben entwickelt sich mit ganz anderen Zwecken die G e s e l l e n s c h a f t, welche jene allmählig verschluckt.

Die Zünfte selbst hatten unterdessen den höchsten Grad der Macht und des Einflusses erreicht, in freien und Reichsstädten sich sogar vielfach des Stadtregiments bedient. Aber mit dem nächsten Jahrhundert sank ihre Macht wieder, sowie Macht und Einfluß der Städte überhaupt in jener Zeit abnahmen. Die heranwachsende Landesherrlichkeit, die zunehmende Macht der Fürsten trat ihnen entgegen. Die Blüthe des deutschen Gewerbes und Handels schwand durch die weitgreifende Aenderung der Handelsrichtung. Die Gewerbe, welche bis dahin den Weltmarkt beherrscht hatten, so daß eine Concurrenz unter ihren eigenen Gliedern nicht fühlbar, daß vielmehr eine Mehrung dieser Glieder allenthalben stets erwünscht und gesucht war, geriethen in ungünstige Lage; die gleichnamigen Gewerbe an verschiedenen Orten, sowie die Gewerbsgenossen an einem Orte, suchten sich den Markt, der ihnen zu enge wurde, abzuringen. Die Macht der Zünfte wurde von außen wesentlich beschränkt, der Zusammenhalt, die Einigkeit im Innern durch jene Concurrenz gewaltig gelockert. Das alles kam den Arbeitern zu Hilfe. Die Achterklärung verlor ihre Schrecken. Wenn auch der Meister am Orte sich der Zunftvorschrift nicht entziehen, dem geächteten Arbeiter nicht Vorschub und Hilfe bieten konnte, der Fremde kümmerte sich wenig mehr darum. Allerorten war man froh, die Arbeiter an sich ziehen, resp. sie dem Nachbar entziehen, ihn leistungsunkräftig machen zu können. Gehilfen mochte man immer noch, Concurrenten freilich nicht mehr aufnehmen. Man steuerte bereits stark dem Standpunkte der Zünfte des XVI. Jahrhunderts und spätern Zeiten zu, dem Standpunkt kleinlichster Exclusivität. Der Arbeiter stand nun nur mehr einem geschwächten, ja einem schwachen Gegner gegenüber, während er sich immer mehr dieselben Hilfsmittel aneignete, die jenem entgingen. Die Vereinigungen der Arbeiter wurden immer häufiger, aber nicht mehr bloß kirchlicher Zwecke oder der Unterstützung halber, die nur noch als Appendix festgehalten wurden: „auf daß wir das Handwerk desto reblicher und aufrechter treiben, und desto friedlicher beisammen sein und bestehen mögen“ lautet nun die Formel der Einigungen, wie weiland bei Begründung der Zünfte, und die Meister gaben ihre Einwilligung zu solcher Einung unter dem verhängnißvollen Bekenntnisse: „damit sie baß bei uns bleiben mögen.“ Schon im Jahr 1415, wo sich diese Formel zuerst an der Spitze des Einungsbriefes findet, waren demnach die Meister in der Lage, nachgeben zu müssen aus Furcht, die Gehilfen zu verlieren. Schritt für Schritt kann man nun die Entwicklung der Arbeiterverbindungen verfolgen, wie sie ganz analog der früheren Entwicklung der Zunft fortschreitet. Wie diese bilden sie eine Gemeinschaft, in welcher jeder Gehilfe am Orte eintreten muß. Jeder hat das Recht der Rede und Stimme bei der Umfrage, jeder hat sich dem Mehrheitsbeschluß zu unterwerfen, was immer der Beschluß betreffen mag. Im Anfange freilich beschränkte dieser sich auf das Gebührliche, ihren Beruf allein Angehende, aber allmählig griff er wieder weit darüber hinaus und klammerte das Individuum noch viel fester ein, als die Zunft. Es gibt keine Lage, in welcher der Knecht sich befinden konnte, wofür ihm nicht die Gesellschaftsbeschlüsse die genausten Vorschriften ertheilte. Mochte er in der Kirche sein — und er durfte sie keinen Sonn- oder Feiertag versäumen — mochte er sich müßig auf der Straße ergehen, oder sie in seinem Berufe betreten, seine Kleidung, seine Haltung, sein besonderes Kennzeichen waren ihm vorgeschrieben. War er auf der Herberge, in der Versammlung, er wußte, wie er den Mantel tragen, mit welcher Hand er das Geld auf den Legetisch legen, welche Worte er sprechen mußte, und die geringste Abweichung brachte ihn in Buße. Auf der Wanderschaft, im Hause,

in der Werkstatt, bei Tisch, beim Spiel, selbst in der Schlafkammer, überall war ihm sein Be-
nehmen vorgezeichnet, war er überwacht und bei jeder vorschriftswidrigen Handlung, Aeusserung
oder Gebärde ereilte ihn sicher die Strafe der Gesellschaft; dem Meister, der Meisterin, der Tochter,
dem Herbergsvater, dem Altgesellen, dem einfachen Genossen gegenüber waren für ihn die Worte
der Anrede, die Antwort bestimmt. Und wäre es nur das gewesen, es hätte Niemanden sehr
gestört, hätte die Gesellschaft nicht weit über den Gehilfen hinausgegriffen. Die Gesellen hatten
ihr eigenes Gericht, vor welchem ihre Streitigkeiten geschlichtet, die Straffälligen gebüßt wurden.
Das war jener Zeit nichts auffallendes und ungehöriges. Aber bald forderten sie auch den
Meister vor ihr Gericht. Hatte früher die Zunft die Streitigkeiten zwischen Meister und
Gesellen zu entscheiden, so riefen fortan in gleichen Fällen die Gesellen den Meister vor, war er
am Orte, oder anderwärts, er mußte vor dem Gesellengericht erscheinen, sich rechtfertigen, sich
büßen lassen. Das Zunftgericht gestattete die Appellation an Rath oder Gericht, nur daß, im
Falle das Urtheil der Zunft nicht umgestoßen wurde, der Appellant wegen muthwilliger Appellation in Strafe fiel. Das Gesellengericht erkannte gar kein Appellrecht mehr an, nicht für den
Gehilfen nicht für den Meister; es war erste und letzte Instanz. Man sieht, die Verbindung
der Gehilfen schloß alle ihre Angehörigen noch viel fester ein, als die Zunft, und konnte das,
denn sie hatte nur unverheirathete einzelstehende, nicht an den Ort gebundene Glieder. Der
Gehilfe war ganz und gar Gesellschaftsglied, er betrachtete sich immer nur als solches, die Verbindung ging ihm über alles, er litt, er that, er opferte alles „zum Ruhm und Ehre der Gesellschaft.“ Nun hieß er, der bisher nur Knecht oder Knappe war, Geselle. Bis dahin (bis
zur Mitte des XV. Jahrhunderts) wird der Ausdruck Geselle nur für den Meister als Mitglied
der Zunft gebraucht, wo von dieser die Rede ist, fortan, sobald die analoge Verbindung der
Gehilfen hergestellt war, nahm dieser den Namen Geselle für sich allein in Beschlag. Es be-
greift sich, daß bei solcher Einengung des Individuums dieses ein eigenthümliches, noch bis
in dieses Jahrhundert herein wahrnehmbares Gepräge annehmen mußte; daß ein starker Corps-
geist ein starkes Selbstgefühl sich entwickelte, das überall sich geltend machte. Selbst das äußere
ritterliche Kennzeichen dessen, das D u e l l, bei den Gesellen F a u s t r e c h t genannt, fehlte nicht. Ein
solches findet sich bei einigen Handwerken statutenmäßig, mit allen den vorlaufenden und nachfolgenden
Formen, die noch jetzt bei Duellen üblich sind: das regelrechte Koramiren, die Mensur und ihr
Wechsel, die Einkleidung, die vorläufige Aufforderung zur Versöhnung durch die Secundanten,
deren es vier statt zwei waren, die Zahl der Gänge, die Unterbrechung des Kampfes nach jedem
Gange, die Zwischenpausen, die Versöhnung und Ehrenerklärung nach vollzogenem Duell. Nur
ein Wesentliches unterscheidet jenes Faustrecht von der gegenwärtigen Form des Duelles: d e r
F a u s t f e h l t e d i e K l i n g e.

Die Macht der Einzelverbindung wurde wieder bedeutend verstärkt durch die Verzweigung
durch ganz Deutschland. Alle Gesellschaften e i n e s Handwerkes hingen genau und fest zusammen; dem that der Wanderzwang, in Anfang des XV. Jahrhunderts von den Zünften — freilich
zu ganz anderem Zwecke eingeführt — ungemeinen Vorschub. In allen Städten fanden sich
Gesellen aus allen Städten zusammen, stets den Ort wechselnd, nach allen Seiten hin das Band

immer fester knüpfend; die lokalen Gegensätze stumpften sich dabei ab, der Handwerksgeselle wurde
in der That ein deutscher Handwerksgeselle. Eine so gestärkte Verbindung gab dem Gesellen
nun dieselben Mittel in die Hand, welche die Zunft früher gegen ihn gebrauchte, und er wen=
dete sie in vollem Maße an zum Guten wie zum Schlimmen; der sittenlose, unredliche Geselle
wurde verfolgt durch ganz Deutschland, aufgetrieben, ausgestoßen, aber auch im Kampfe gegen
den Meister versagte dieses Mittel seine Wirkung nicht. Verweigerte der Meister den Gesellen
ihr Begehr, mochte es ein gebührliches oder ungebührliches sein, verwarf er ihr Gericht, war
er überhaupt nicht nach ihrem Willen, so wurde er in Verruf erklärt, alle Gesellen, die bei ihm
arbeiteten, mußten längstens binnen vierzehn Tagen ihn verlassen, kein andrer, weder ein an=
wesender noch ein später zuwandernder durfte bei ihm eintreten, ehe er mit der Gesellschaft sich
versöhnt hatte, und das Mittel wurde nun nicht bloß gegen einzelne Meister, sondern selbst gegen
sämmtliche Meister eines Ortes in Anwendung gebracht.

Man wird nicht vermuthen, daß die Bildung solcher Verbindung so glatt vorging ohne
Widerstand der Meister. Diese hatten zwar die genügende Kraft nicht mehr, aber die Magistrate
kamen ihnen überall zu Hilfe. Hatte man die Brüderschaften der Gesellen geduldet und ge=
nehmigt, so trat man ihnen doch gleich wieder entgegen, sobald man wahrnahm, wie diese Brü=
derschaften fremde Zwecke mit aufnahmen, wie ihr ganzer Charakter sich umwandelte. Die
Einungen der Knechte, das Gebot, ihre Trinkstuben, ja selbst die Brüderschaften, wurden unter=
sagt, denn es stehe denselben nicht zu solche zu bilden; aber immer drängten sie sich wieder hervor.
Magistrate und Meister waren schließlich genöthigt, die Verbindungen in aller Form anzuerken=
nen, wie denn schon im Jahr 1351 in Speier die Zunft der Weber mit dem Büchsenmeister
der Gesellen nach lange bauerndem Streite in aller Form sich auf Unterhandlungen einließ des
Lohnes wegen und schließlich ein Vertrag abgeschlossen ward, in welchem ein bestimmter Lohn
für jede Arbeit auf ewige Zeiten festgestellt wurde. Freilich wiederholte sich nach elf Jahren
schon derselbe Streit und wurde für den früheren ein höherer Lohnsatz substituirt. Man suchte
nun die Gesellschaften unschädlich zu machen, genehmigte die von ihnen vorgelegten ungefährlichen
Statuten, oder gab ihnen neue, verbot ihnen aber Versammlung zu halten außer in Gegenwart
des Zunftmeisters oder eines von ihm kommittirten Meisters, beschränkte ihre Verhandlungen
auf kirchliche Zwecke, Pflege der Kranken, Rechnungsablage, Bewillkommnung Zugewanderter
und untersagte ihnen Briefe an auswärtige Gesellschaften zu schreiben oder von ihnen zu em=
pfangen. Die Gesellen befolgten die Vorschriften genau in den regelmäßigen Geboten, daneben
aber hatten sie besondere Versammlungen für alles was zunächst nicht offenkundig werden sollte;
sie schrieben keine Briefe an fremde Gesellenschaften, noch empfingen sie solche, aber sie sandten
und erhielten Nachrichten durch Wandernde. Bei Streitigkeiten zwischen Meister und Gesellen
um Lohn griffen die Magistrate nicht kräftig ein, sie suchten höchstens zu vermitteln, wenn sie
dazu aufgefordert wurden; wenn dagegen die Gesellen einen Meister quälten, vor Gericht riefen,
in Verruf thaten, dann nahm sich der Rath ernsthaft des Meisters an und das gewöhnliche
Ende war, daß sämmtliche Gesellen des Handwerkes in's Rathsgefängniß wandern mußten.
Aber gar bald kamen dann die Meister selbst an den Rath, ihn inständigst zu bitten, daß er ihnen

doch die Gesellen entlasse, sie könnten ihrer nicht gerathen, und als der Rath von Landau (1432) gar sämmtliche Bäcker= und Metzgerknechte auf einmal in den Thurm steckte, weil sie ein Banner ausgesteckt und sich geweigert hatten, es auf Befehl wieder einzuziehen, da kamen nicht nur die Bäcker= und Metzgermeister, sondern alle Bürger und baten, daß man sie entlasse, denn fremde Gesellen kamen nicht zugewandert und so waren die Bürger und Meister mehr ge= straft als die Gesellen. Das Ende solcher Maßregel war meist Entlassung der Gefangenen nach kurzer Zeit ohne Strafe, nur mußten die Gesellen Urphede schwören, der Stadt nichts nachzutragen und sich dessen, weßhalb sie eingezogen worden, künftig zu enthalten. Bald war bei der Beweglichkeit dieses Völkchens keiner mehr da, der geschworen hatte, und Ungebundene traten an deren Stelle. —

Selbst der Versuch der Obrigkeiten verschiedener Orte, sich zu einigen, um gemeinschaft= lich gegen die Uebergriffe der Gesellen zu Felde zu ziehen, führte nicht zum Ziele. Als Beleg hiefür seien zwei kurze Schreiben des Rathes zu Basel an den Rath zu Freiburg i. Br. ange= führt, welche zugleich den Umfang des Gesellenunfuges vor Augen stellen. Der Rath von Basel hatte (1421) sämmtliche Seilerknechte eingezogen und schreibt an den Rath von Freiburg: „wegen Eigenmächtigkeit der Seilerknechte, daß die Meister von den Knechten gar gröblich um= gezogen werden, garlichs ihnen zu tagen nachgehen und leben müssen, wie die Knechte wollen und auch die Meister deß groß von uns zu Klage gewesen sind, daß uns dünkt, daß das nicht billig zu leiden noch ihnen zu gestatten sei. Drum so haben wir mit euren Meistern, so jetzt bei uns gewesen sind, geredet, wollt ihr und die anderen Städte dazu thun, was wir dazu thun können und sollen, wären wir willig. Drum gefällt es uns, daß es euch gefallen wolle, daß ihr die Seilerknechte bei euch auch in Gefängniß ziehen wollet und sie leiblich schwören zu den heiligen, von solchen Ordnungen, die doch uns nicht billig dünken, abzustehen und hätte ein Meister einen Knecht oder ein Knecht seinen Meister ützit (etwas) anzusprechen, daß sie darum Recht nehmen in der Stadt, da der Meister gesessen ist, vor Rath oder Gericht daselbst. Ist euch das füglich, der Sache also bei euch nachzugehen, das wollet uns schreiben, damit wir die Knechte so bei uns liegen, deß auch unterweisen zc." Der Rath zu Freiburg ging auf diesen Vorschlag ein, aber schon vier Jahre darauf schreibt Basel wieder an Freiburg: „Euer Freundschaft ist wohl bekannt, welche Maßen die Seilerknecht, so in dieser Gegend dienen, vor einiger Zeit geschworen haben, von solchen Tagen, so sie machten, und die Meister besserten, drängten und zu Kummer, Kosten und Schaden brachten, abzustehen, und hätte ein Knecht einen Meister um etwas anzusprechen, der sollte Recht geben und nehmen vor Gericht, wo der Meister, den er anspricht, gesessen ist und nirgend anders. Also lassen wir eurer guten Freundschaft wissen, daß die Seilerknecht solcher Tage und Knechte den Meistern zu verbieten wieder ange= fangen und auch dessen Tag gehalten haben vor kurzem in Mühlhausen. Weil nun solchem zuvorzukommen nöthig und besser ist an einem kleinen Handwerk zu verwenden, als daß ein mächtiges sich solches zu thun unterziehen sollte, gefällt es uns und bitten euch fleißig mit Ernst, daß ihr die Seilermeister bei euch besendet und die in Eid und Gelübbe nehmt, keinen Seilersknecht zu hegen oder zu arbeiten zu geben, er habe denn vorher geschworen in der Weise, wie davor begriffen ist und auch die Seilerknechte bei euch alle in Eid nehmt, solches zu beschwören wie andere vorher gethan, auch dem ehrbaren Meister Friedrich Uelinger, dem Seilermeister zu Kolmar, der diese Sache bei uns vorgebracht hat, darum noch dann weder Lasten noch Leib zu thun"; der Brief schließt, „. . und dazu euch soviel zu bekümmern und euren und unfren Freunden von Breisach, Kenzingen und Endingen zu verschreiben und sie zu bitten, der Sache mit den Seilermeistern und Knechten nachzugehen, wie oben begriffen, weil wir benen von Kolmar auch geschrieben haben, den anderen euren und unseren Freunden den Reichsstädten im Elsaß zu schreiben und zu bitten, dem auch nachzugehen."

Diese Maßregeln, das Einsperren sämmtlicher Gesellen und Eidesabnahme, sowie der Befehl an die Meister, keinen widerspenstigen Gesellen zu halten, mußten nothwendig fruchtlos bleiben. Waren jene wirklich noch im Stande gewesen, damit die Gesellen zu bändigen, wie sie es in vorhergegangenen Zeiten waren, so hätte es des Einschreitens der Magistrate gar nicht beburft. Was aber das Einsperren betrifft, so halfen sich die Gesellen gar leicht dagegen; sobald ihnen ihr Wille nicht wurde, standen sie nicht bloß auf, verweigerten nicht bloß die Arbeit, sondern sie entwichen sämmtlich aus der Stadt, keiner durfte zurückbleiben, keiner einwandern. Und das war das kräftigste und unwiderstehlichste Mittel, dessen sie überhaupt sich bedienten und bedienen konnten, sie haben es mit den schwersten Folgen für den betroffenen Ort geübt. Beleg hiefür das Handwerk der Blech- oder Flaschenschmiede in Nürnberg, im vierzehnten und fünfzehnten Jahrhundert an Meisterzahl, Umfang und Reichthum daselbst so hervorragend, daß es (1370) in den Rath aufgenommen wurde. Im Jahr 1475 gab eine Theuerung den Anstoß zu Streitigkeiten zwischen Meistern und Gesellen dieses Handwerkes; erstere wollten den Anforderungen der letztern nicht nachgeben. Die Gesellen schalten die Meister, standen auf und verließen die Stadt, sie verzogen sich nach Wunsiedel und Dinkelsbühl, die zurückbleibenden Meister blieben gescholten, weil sie sich mit den Gesellen nicht abfinden wollten; so durfte auch kein Geselle des Handwerks mehr in Nürnberg Arbeit nehmen. Das Handwerk lag brach, einige Meister zogen gleichfalls nach anderen Orten, die bleibenden verarmten; das Handwerk ging gänzlich ein, der letzte Meister starb 1543. Dieses Ausziehen wurde nun die gewöhnliche, häufig angewendete Maßregel, wenn die Gesellen mit sämmtlichen Meistern oder mit der Behörde in Streit geriethen. Die Concurrenz der Städte verschaffte den Ausziehenden überall guten Empfang, sie konnten sich zerstreuen, daß ihre Unterkunft nirgends Schwierigkeiten fand, oder die Lage, in welcher sie die verlassene Stadt zurückließen, die Erwerblosigkeit der Meister, der Mangel an den nöthigen Bedürfnißgütern zwang Meister und Rath, ihnen gute Worte zu geben, daß sie wieder zurückkehren möchten. Zahlreiche, bis an das Ende des letztverflossenen Jahrhunderts erfolgte Auszüge derart haben uns die Annalen der Städte aufbewahrt und mancher Ort verdankt noch heute seinen Namen einem solchen Ereignisse, wie z. B. die in der Nähe Rödelheims auf der Bockenheimer Haide befindlichen Schneidergruben, woselbst die Ende des vorigen Jahrhunderts aus Frankfurt ausgezogenen Schneidergesellen drei Tage zugebracht hatten.

Die Anstrengungen der Orts- und Landesbehörden, dem wachsenden Uebermuthe der Gesellen zu steuern, blieben wirkungslos, sie verfuhren zu sehr vereinzelt, wenigstens ohne nachhaltenbe und weitgreifende Einigung. Die Reichspolizei verknüpfte ihre Bemühungen mit denen der Orts= und Landesbehörden, aber sie war nicht glücklicher. Vom sechszehnten Jahrhunderte an bis zum Ende des Reiches folgten sich die Edikte, das geschilderte Unwesen der Gesellen= schaften rügend und zugleich durch ihre stetige Erfolglosigkeit deren Macht dokumentirend. Die Gewalt, welche die Verbindung über den einzelnen Gesellen übt und mißbraucht, der häufige Müssiggang, die Gewaltthätigkeit gegen die Meister in Sachen des Lohnes, der Kost und Hal= tung, das unberufene Vorgerichtziehen ist Gegenstand des Tadels und allgemeine Maßregeln dagegen werden vorgeschrieben. Im Anfange (1531, 48) lauten diese noch sehr milde dahin, daß alle Gesellen, die sich nicht fügen, aufzutreiben und im Reiche der deutschen Nation in Städten und Flecken bei keinem Handwerke zur Arbeit zuzulaffen seien. Bei steigendem Unfuge werden dann die Maßregeln verschärft und im vergangenen Jahrhunderte (1731) wird be= fohlen, „wenn die Gesellen keine Arbeit mehr thun oder haufenweise auszutreten fortfahren, so sollen dergleichen große Frevler und Missethäter nicht allein mit Gefängniß, Zuchthaus, Festungsbau, sondern auch nach Beschaffenheit der Umstände und hochgetriebener Renitenz, nicht minder wirklich verursachten Unheiles am Leibe gestraft werden und wenn die Lan= besobrigkeit dieselben zu wältigen nicht vermag, wird sie die benachbarten, desgleichen die Kreis= ausschreibämter oder Kreisobersten deshalb bei Zeiten um Hilfe rufen müffen." Auch soll nie= mand im Reiche dem austretenden Handwerksburschen eine Zuflucht geben, in Wirthshäusern soll man ihnen keinen Unterschleif geben, viel weniger Aufenthalt gestattet, oder sie mit Speis und Trank versehen werden und nicht allein gegen die Handwerksburschen, sondern ebenso gegen die Mithelfer und Aufnehmer soll mit obigen Strafen unnachläffig verfahren werden. Und diese Strafen blieben in der That nicht bloß angedroht, sie wurden wirklich effektuirt; von lebens= länglicher Zuchthausstrafe, vieljährigem Gefängniffe mit harter Arbeit, selbst von Hinrichtung be= sonders obstinater Bursche wird uns berichtet; dennoch wurde man ihrer nicht Herr, nicht einer der vielen geringen Arten von Unfug wurde thatsächlich gesteuert, weil der letzte Theil der angeführten Maßregeln nicht energisch genug durchgeführt wurde. Das einzige möglicherweise wirksame in den Reichsedikten, das Zusammengreifen aller Behörden im Reiche, die Gewißheit für den verfolgten Gesellen, den Verfolgern und der Strafe nicht zu entrinnen, war eben im Reiche nicht zu erreichen und ging man an dem einen Orte schärfer vor, nahm man die Gesellen an dem anderen um so freudiger auf. Daher urtheilen die Zeitgenossen, welche manchen Gesellenaufstand erlebt, die Wirkung der Reichsedikte selbst beobachtet haben, so geringschätzend über diese Edikte, die vollkommen unvermögend seien, den Trotz der Gesellen zu brechen, auch nur einen Mißbrauch abzuschaffen, man könne nicht einmal wagen, sie mit Gewalt irgendwo durchzuführen, ohne die äußerste Gefahr, die Handwerke zu ruiniren; wenn man vorbeuge, daß die Gesellen nicht zum Thore hinauskämen, sei allenfalls noch etwas zu hoffen, sobald sie aber einmal die Stadt verlaffen hätten, müffe man alles eingehen, was sie verlangen, mit ihnen kapituliren und Amnestie versprechen, um sie zurückzubringen, damit nicht die Bürgerschaft gar zu sehr leide.

Was die Landes= und Reichspolizei bis Ende des vorigen Jahrhunderts nicht zu wältigen vermochten, das unterlag den Veränderungen, welche unser Jahrhundert brachte. Der Gewerbebetrieb wurde ein anderer, allenthalben bildeten sich freie Gewerbe mit Arbeitern, welche der Gesellenverbindung nicht angehörten, sich ihren Befehlen nicht fügten; allenthalben entstanden Fabriken, welche in gleicher Weise wirkten und nicht bloß die Unentbehrlichkeit der Gesellen, das Fundament ihrer Macht beseitigten, sondern den Bestand des Handwerks überhaupt, den Bestand der Gesellen in Frage stellten; und dazu kam dann noch die neuere Polizei, die in der That war, was die Reichspolizei nur sein sollte, die den Gesellenverbindungen die Macht der Einigung gegenüber stellte. Sie ward, wenigstens dem Handwerksburschen gegenüber, so völlig eins, daß er ihr nicht entging, wohin er sich auch wenden mochte. Hatte er sich gegen sie oder den Meister vergangen, wurde er wie damals, als die Zunft ihn beherrschte, überall hin verfolgt, und nicht nur daß er nicht beschäftigt wurde, er ward vielmehr mit Gewalt zurückgebracht, daß er dem Meister genug thue und sich mit der Polizei abfinde. Die allmählige Erweiterung der Gewerbfreiheit und des Fabrikwesens, die Einheit der Polizei im deutschen Reiche löften die Gesellenverbindungen auf. Sie sind verschwunden und werden in der früheren Form sicher nie wiederkehren; aber sie haben uns reichliche Belehrung hinterlassen, was die Association der Arbeiter vermag, welche Kraft in ihr liegt, sie beweisen uns, wie nahe beieinander hier das Gute und Schlimme liegen, wie leicht der Uebergang vom Zulässigen zum Verderblichen; aber insbesondere sind sie eine Warnung, indem sie zeigen wie schwer es ist, diesen Uebergang zu verhindern und wieviel schwerer noch, ausgeartete Associationen zu wältigen. —

Manches was die alte Association begünstigte, ist, in neuer Zeit außer Rechnung zu setzen; eine solche Beherrschung der Persönlichkeit, eine solche tyrannische Macht über die Individuen, wie sie die alten Vereine übten, wird schwerlich mehr zu erringen sein. Dafür hat die neuere Zeit manches andere gebracht, was die neuen Associationen der Arbeiter im Kampfe gegen die Herrn unterstützt und sie überdieß überhaupt gefährlicher macht, als die alten. Uebersehen wir nicht, wie beschränkt die Wirkung der Arbeitsweigerung in jener Zeit im Vergleich mit der Jetztzeit gewesen sein mußte, wieviel weniger der Meister abhängig von seinen Arbeitern war. Damals waren die Etablissiments von geringem Umfange, die Zahl der Arbeiter eine geringe; in wenigen Handwerken durfte der Meister mehr als 4 Arbeiter haben, die Lehrlinge mitgerechnet, zwei oder drei Gesellen mit einem oder zwei Lehrlingen; zogen die Gesellen ab, so konnte der Meister doch mit seinen zwei Lehrlingen einigermaßen fortarbeiten; auf das Mitarbeiten in eigener Person war er ohnehin immer angewiesen, das Kapital hatte wenig Antheil an der Produktion. Gegenwärtig beschäftigen die einzelnen Etablissiments Massen von Arbeitern, sehr große Kapitalien sind in dieselben verwendet, welche todt liegen sobald die Arbeit stillesteht; ferner, in den alten Zeiten, war wo jedes Handwerk isolirt, wenn auch das gleichnamige Handwerk durch viele Orte hindurch in Verbindung stand, die Arbeiter sich unterstützten; nie findet sich, daß ein Handwerk dem andern zur Hilfe kam. Gegenwärtig sind wir dahin gekommen, daß die Arbeiter verschiedener Gewerbe solidarisch verfahren. Was den Herrn, der größerem Verluste ausgesetzt ist gegen den Arbeiter unterstützt, daß dessen geringer Erwerb ihn nicht lange ohne Beschäftigung,

ausbauern ließ, die Klippe, an welcher die Strikes früher scheiterten, ist gegenwärtig wir=
kungslos; nicht nur, daß die Arbeiter eines Gewerbes lange darauf hin sparen, um im rechten
Momente lange Zeit aushalten zu können, es stellen ihnen auch noch die Arbeiter anderer Ge=
werbe ihre Ersparnisse zur Disposition; die Unternehmer des einen Gewerbes stehen ihren und
allen Arbeitern aller übrigen Gewerbe gegenüber.

Die alten Gesellenverbindungen haben oft ihre Macht benützt, wie die neuen Lohnerhöhung
zu erzwingen, aber ein solches Ausschreiten, wie es von den neuern, falls sie die Macht dazu
haben, zu befürchten ist, lag nicht im Interesse der früheren Gesellen. Der Geselle lebte mit
dem Meister zusammen unter einem Dache, er sah, daß das Geschäft nicht so viel Gewinn
bringt, als wohl scheint, daß die Gefahren des Verlustes ihm gegenüber groß genug waren; er
sah täglich, daß der Meister und seine Angehörigen mit ihm sich abmühten von früh bis Abends
spät. Von besonderer Bedeutung war, daß er nicht dauernd Geselle blieb, viele von ihnen,
vielleicht die meisten waren Meisterssöhne, alle hatten gegründete Hoffnung, früher oder später
selbst Meister zu werden; es lag nicht in ihrem Interesse, sich ihre Stellung ihren eigenen künf=
tigen Gehilfen gegenüber sehr zu erschweren. Der Arbeiter der Neuzeit dagegen ist von seinem
Herrn im Leben völlig losgelöst; er sieht dessen reiche Einnahme, ohne ein Schätzungsmittel,
wieviel davon Gewinn sein mag, ohne irgend eine Kenntniß von den großen Geschäftsgefahren.
Der Herr erscheint ihm vielfach als Müssiggänger, von dem lebend und reichlich lebend, was
der Arbeiter für ihn im Schweiße des Angesichts verdient; der Arbeiter der Neuzeit hat nur
geringe Hoffnung, je seinen Rang zu verlassen und in die Reihe der Herrn überzutreten. Er
glaubt demnach, nichts mit dem Herrn gemein zu haben, er sieht nichts in ihm als seinen
Gegner. Aber noch ein weiterer Vergleich zwischen dem Geist und Ziel der alten und der neuen
Verbindungen drängt sich auf. So groß der Unfug der Gesellenverbindungen war, nie reichte
er über das Verhältniß des Gesellen zum Herrn hinaus; die angewohnte Achtung vor den
Behörden, die Wirkung der größeren Religiosität, die ganze Lebensanschauung waren Bürge
dafür, daß diese Grenze des Streites nicht überschritten werde. Mochte einmal die Ruhe der
Stadt gestört, mochten einzelne Polizeiverordnungen überschritten werden, nie findet sich eine
Spur, daß sich politische Tendenzen einmischten, daß ein entfernter Versuch gemacht wurde
gegen die geltenden Eigenthumsrechte, gegen die Staatsordnung. Anders scheint die Sache
berzeit zu liegen. Man ist wohl versucht, in den neuen Associationen der Arbeiter — wenig=
stens in Frankreich — nur eine neue F o r m für die alten s o c i a l i s t i s c h e n Bestrebungen zu
erblicken. Die früheren Ideen, wie die Macht des Kapitals zu brechen, der zahlreichsten und
ärmsten Klasse, den Arbeitern die ihnen gebührende Stellung zu verschaffen sei, verfangen
nicht mehr. Die Aenderung der Staatsform, die politischen Umwälzungen werden nicht mehr
als wirksame Förderungsmittel des Sozialismus betrachtet, sie schrecken eher von diesem ab.
Seit dem Jahr 1848 hat auch die O r g a n i s a t i o n d e r A r b e i t den Krebit verloren,
nachdem die Versuche damit so gänzlich mißlungen waren. Nun wird als ganz neuer Hebel
das Prinzip der S e l b s t h i l f e in Bewegung gesetzt, es soll den Arbeitern dienen, zum min=
besten den Lohn zu erhöhen, die Arbeitszeit zu verkürzen, wie man es von der Organisation

der Arbeit erwartete, wie man es auf Seiten der Laffalle'schen Schule von dem allgemeinen Wahlrecht hofft. Die neue Form der Affociationen zur Selbsthilfe möchte nichts anders sein, als ein glänzender Deckmantel für alte Absichten, wird aber in der That den Arbeitern eine Kraft verleihen, die sie in keiner anderen Weise gewinnen können, und einmal von dieser Kraft überzeugt werden sie schwerlich bei ihren gegenwärtigen Forderungen stehen bleiben, sie werden schließlich, wie eine rechte Wucherpflanze, alles berühren, alles verändern, alles zersetzen.

Wohl liegt hierin ein Wink, daß es nicht mehr zu frühe sei, ernsthaft zu forschen, wie wohl solcher Ausartung Schranken gesetzt werden können, doch noch ist ein geeignetes Mittel hierzu nicht anzugeben. Man versucht zunächst in Paris, an die Stelle der Arbeiter Arbeiterinnen zu setzen; aber dem jungen Versuch antwortet schon die eine neue Erfahrung. Während man sich in Paris auf Arbeiterinnen stützen will, wissen die Arbeiter Londons, wo Arbeiterinnen längst benutzt werden, diese in ihr Interesse zu ziehen, statt Gegnerinnen werden aus ihnen Mitkämpferinnen. — Man räth Gleiches mit Gleichem zu bekämpfen, den Arbeiter= affociationen die Affociationen der Arbeitsherrn gegenüberzustellen. Ueber den Werth dieses Vorschlages gibt uns wieder die Geschichte Auffschluß, es ist die oben geschilderte Stellung der Zunft zu den Gesellenschaften. Möglich, daß zeitweise die beiden Affociationen sich das Gleich= gewicht halten, daß keine von beiden im Stande ist, im Dienste des Egoismus die andere zu wältigen, aber jedenfalls kann dieß nur sehr vorübergehend erwartet werden, die Norm würde doch sein, daß eine von beiden Verbindungen überwiegt und es ist ebensowenig dem Ganzen dienlich, wenn wieder die Herrn die volle Macht erringen, als wenn sie den Arbeitern zufällt.

Wenn Gegensätze so schroff im Volke hervortreten, wenn eng geschlossene Parteien nicht nur sich, sondern auch Unbetheiligte bedrohen, dann ist nur mehr die höchste Gewalt, die Staats= gewalt selbst im Stande und deßhalb verpflichtet, einzuschreiten und die erforderliche Mäßigung jederseits zu erzwingen. Unzweifelhaft richtig war es, daß in den vergangenen Zeiten die Behörden und die Reichsgewalt sich den Uebergriffen der Affociationen entgegenstemmten, nur verfuhren sie einseitig oder waren zu schwach. Als in späterer Zeit die Kraft dazu vorhanden war, da schritt man über die vom Zweck gebotene Gränze hinaus, man unterdrückte die Affociationen schlechthin und für alles; die wenigen Ausnahmen die man zuließ, wirkten nur die Maßregel noch verhaßter zu machen. Das Verbot der Affociationen war ein Fehler, zu dem man hoffentlich nicht wieder zurückgreift, eine ungerechtfertigte Beschränkung für die In= dividuen, ein Schaden für den Staat selbst. Ist doch die Erweckung, Belebung, Unterstützung des Affociationsgeistes auf industriellem wie auf intellektuellem und sittlichem Gebiete eines der kräftigsten Mittel zum Wohle des Ganzen, ist es doch ein nicht hoch genug anzuschlagender Gewinn für die Regierungen, möglichst vieles den Bestrebungen und Leistungen der Affocia= tionen überlassen zu können. Nicht um Beseitigung der Affociationen, auch nicht der Arbeiter= affociationen, handelt es sich, sondern um Verhütung ihrer Ausartungen und da stehen wir vor einer Frage, für deren Beantwortung noch der Anfangsbuchstabe nicht gefunden ist. Noch) besteht kein Associationsgesetz, das der Aufgabe entfernt entspricht und doch duldet die Neuzeit nur Beschränkungen durch g e s e t z l i c h e Bestimmungen; noch ist kein Fingerzeig vorhanden, wo und wie die Grenzen zu ziehen, welche Art der Ueberwachung sicher und geeignet ist. Die Geschichte, die uns die Bedeutung der Associationen, ihre Vortheile und Gefahren so voll würdigen läßt, sie läßt uns in den Heilmitteln im Stiche. Die Gegenwart muß darüber von Neuem Studien machen und sie kann es nur an den Associationen selbst. Man wird ihre Entwicklung, die doch nur schrittweise von statten gehen wird, abwarten und während ihres Verlaufes, ja a u s ihrem Verlaufe nur kann sich ergeben, was sicher und möglichst schonend zum Ziele führt. Es ist wahrscheinlich, daß nur nach sehr zahlreich gemachten Erfahrungen Klarheit und Bestimmtheit gewonnen werden wird, es ist wahrscheinlich, daß wie in früheren Zeiten, noch manche schwere Störung im industriellen Leben, mancher herbe Verlust im privaten, vielleicht gewaltigen Zuckungen im öffentlichen Leben werden zu ertragen und zu überwinden sein, ehe die Gefahren, von welchen ich gesprochen, nachhaltig beseitigt sind; das ist eben das Geschick der Menschheit, daß nur ein Kampf, der durch Generationen währt, ihre Erfahrung vollständig zeitigt.

Bedenkt man jedoch, daß die früheren Bestrebungen gleichen Zieles Jahrhunderte hindurch fast ausschließlich in Deutschland spielten, daß Deutschland alle Kosten des Kampfes, alle Schmerzen allein trug, dann ist wohl der Wunsch nicht unbescheiden: die neuen Formen der internationalen Arbeiterassociation mögen sich zunächst auf anderem Boden entwickeln, in andern Ländern mögen die Versuche angestellt, die unausbleiblichen Beschwerden und Kosten getragen werden. Mag Deutschland von dieser i n t e r n a t i o n a l e n Association fern bleiben; s e i n e Aufgabe ist für jetzt eine rein n a t i o n a l e. Mögen überhaupt vorläufig alle Bestrebungen für einzelne, wenn auch wichtige und anerkennenswerthe Interessen ruhen bis auf bessere Zeiten. Dermalen hat Deutschland die größte bedeutendste Aufgabe zu lösen, die W i e d e r h e r s t e l l u n g, einen Neubau des Vaterlandes, der die g a n z e Kraft der g a n z e n Nation ohne Unterschied des Standes und des Berufes, die ganze Hingebung aller, der Arbeiter und der Herrn, der Unterthanen und der Fürsten voll in Anspruch nimmt. Ist der Neubau im Ganzen vollendet, dann ist es Zeit und wird es wohl gelingen, jedem sein Gemach wohnlich und seinen bescheidenen Wünschen entsprechend einzurichten. Dann wollen auch wir uns wieder an den allgemeinen Aufgaben der civilisirten Menschheit, an Allem, was wahrer Fortschritt ist, kräftigst betheiligen, eine Pflicht, der sich die Deutschen nie entzogen haben.

Möge das Ziel b a l d, g l ü c k l i c h und f r i e d l i c h erreicht werden.

Den 9. Juli verflossenen Jahres hat mein Vorgänger im Amte die Preisaufgaben ver=
kündet, welche die vier Fakultäten für das Jahr 18⁶⁶/₆₇ gestellt hatten. Es liegt mir heute ob,
über den Erfolg zu berichten.

Die Preisaufgaben der theologischen, juristischen und medicinischen Fakultät sind sämmtlich
ohne Bearbeiter geblieben.

Die philosophische Fakultät hatte auf dem Gebiete der a l t k l a s s i s c h e n Philologie die
Frage gestellt:

Oratio de domo, quae vulgo Ciceroni tribuitur, utrum genuina, an subdicticia est?
hiefür ist e i n e Beantwortung eingelaufen, über welche die philosophische Fakultät folgendes
Urtheil ausspricht:

„Wenn dieselbe auch nicht in jeder Beziehung die Frage erschöpft und nament=
„lich diejenige Kenntniß der römischen Alterthümer und der einschlägigen Streit=
„fragen vermissen läßt, ohne welche ein endgültiges Urtheil über die gegen die
„Rede pro domo in sachlicher Beziehung erhobenen Ausstellungen nicht möglich
„ist, so verdient sie doch sowohl wegen des in der Zusammenstellung des Ma=
„teriales bewiesenen und auf die Erkenntniß des Sprachgebrauches und der
„rednerischen Eigenthümlichkeiten Ciceros verwendeten Fleißes, als auch wegen
„der Unbefangenheit des Urtheiles, womit der Verfasser namentlich bei Erör=
„terung der grammatischen, stylistischen und rhetorischen Ausstellungen meistens
„das Richtige trifft, alle Anerkennung. Da die Abhandlung außerdem gut
„disponirt und in gewandtem, wenn auch nicht ganz fehlerfreiem Latein geschrie=
„ben ist, so hat die philosophische Fakultät kein Bedenken, dem Verfasser derselben
„den Preis zuzuerkennen.“

Die Abhandlung trägt das Motto: Age, quaero,
     Tu nihil in magno doctus reprehendis Homero?

Verfasser ist: Herr stud. philolog. Georg Windhaus.

Die übrigen Preisfragen der philos. Facultät aus dem Gebiete der Mathematik und der Staatswissenschaft blieben ohne Bearbeitung.

Für das Jahr 18⁶⁷/₆₈ sind folgende Preisaufgaben gestellt:

1. Die theolog. Fakultät wünscht:

> Eine quellenmäßige Untersuchung über die Entstehung, die Namen und die Parteistellung der Nazarener und Ebioniten mit historisch-kritischer Darstellung der bisherigen Ansichten.

2. Die juristische Fakultät stellt als Aufgabe:

> Die Lehre von der Verjährung der Einreden nach römischem Rechte.

3. Die Aufgabe der medicinischen Fakultät lautet:

> Es ist mannigfach beobachtet worden, daß der auf elektrischem Wege erzeugte Muskeltetanus bei hohen Unterbrechungs- zahlen verschwindet, aber es sind die Bedingungen noch nicht näher erkannt, welche auf den Eintritt dieses Phänomens Einfluß haben. Die Fakultät wünscht, daß diese durch eine Reihe von Versuchen aufgeklärt werden und zwar dergestalt, daß man dabei vorzugsweise ermittle, in welchem Zusam- menhange die fragliche Erscheinung mit der Stromstärke stehe.

Für den Preis der Balserstiftung stellt die medicinische Fakultät die folgende Frage:

> Welches ist der Werth des Marey'schen Sphygmographen für die Diagnose der Herzkrankheiten? (Ein Instrument wird dem Untersucher zur Disposition gestellt.)

4. Die Preisaufgaben der philosophischen Fakultät sind:

a. aus dem Gebiete der orientalischen Philologie:

> Gradus comparationis linguae sanscritae, graecae, latinae et gothicae comparentur et accuratius examinentur.

b. aus dem Gebiete der Zoologie:

> Ueber den Bau, die morphologische Bedeutung und den Mecha- nismus des Bienenstachels.

c. aus dem Gebiete der Architektur:

> Entwicklung der Grundsätze für die beste und schönste Anord=
> nung (Form, Größe und Vertheilung) der Fenster bei Wohn=
> gebäuden, und Erläuterung derselben durch Beispiele.

Hoffen wir, daß das künftige Jahr fruchtbringender ist in Bearbeitungen dieser Aufgaben, als das vergangene, daß, nachdem der Kampf mit den Waffen wieder schweigt, dafür der fried= liche Wettstreit auf dem Gebiete wissenschaftlicher Leistung unter unserer Jugend lebhafter werde.